My name: Jill Hackney

Address: 744 Caley rd

Phone number: (610) 337-2253

My birthday: Feb 7ˢᵗ

My hobby: basketball

My secret wish: to be twins with christine

A photo of me

My name: _Harini_
Address: _640 Fawn Cur_
Phone number: _610-992-1020_
My birthday: _Sep. 19th_

In my free time _I read_
You should read _Jewl Kingdom_, it is a great book!
Minuet is my favorite music.
I really enjoyed the film _Kuch Kuch ho tha h_
My favorite pet is _a monkey dog_

My secret wish is _for my siester to be helthyou._

My wish for you is _to be a ballarena._

I'm in _2_ grade at _Caley school_
Mrs. Biesecker is my favorite teacher.
My favorite class is _2 grade_
but _preschool_ is not my best class.

A photo of me

My favorite food is _pasta_
My frendsare _JFMt, Christine._
I want to be a _Pede a trsan_ when I grow up.

My name: _LoRi Kulikowski_

Address: _744 Caley Rd_

Phone number: _610 - 337 - 2253_

My birthday: _10/9/64_

In my free time _I don't have free time._

You should read _A Wrinkle in Time_, it is a great book!

Reggae is my favorite music.

I really enjoyed the film _Sound of Music_

My favorite pet is _Sugar (dog)_

My secret wish is _____ to get more
sleep

My wish for you is _____ to be
successfull at whatever you
want to do.

I'm in _no_ grade at _____

_____ is my favorite teacher.

My favorite class is _Computer Science_

but _Gym_ is not my best class.

A photo of me

My favorite food is _fruit_

My idol is _Nana_
(hero)

I want to be a _Good Mom_ when I grow up.

My name: Jack Hackney
Address: 744 Caley Rd Kofp
Phone number: 610-337-2253
My birthday: 6-14-1961

In my free time ___I work on the computer___
You should read ___Cather in the Rye___, it is a great book!
___The Doors___ is my favorite music.
I really enjoyed the film ___Austin Powers___
My favorite pet is ___sugar our poodle___

My secret wish is to fly

My wish for you is to be
happy and successful

I'm in work grade at SAP
Jesus is my favorite teacher.
My favorite class is science
but language is not my best class.

A photo of me

My favorite food is chicken
My idol is God
I want to be a singer when I grow up.

My name: Hetal Patel

Address: 157 Cambridge

Phone number: 610-265-53

My birthday: 5-22-92

In my free time _I draw or watch T._

You should read _How Doctors Help_, it is a great book!

_D;_ _____ is my favorite music.

I really enjoyed the film _____

My favorite pet is _____

My secret wish is _____

_____

My wish for you is _____

_____

_____

I'm in____ grade at _____

_____ is my favorite teacher.

My favorite class is _____

but _____ is not my best class.

A photo of me

My favorite food is _____

My idol is _____

I want to be a _____ when I grow up. _____

My name: _Frekles_
Address: _Jeli's house_
Phone number: _(610) -337-2715_
My birthday: _April 17, 2000_

In my free time _____
You should read _____, it is a great book!
_____ is my favorite music.
I really enjoyed the film _____
My favorite pet is _____

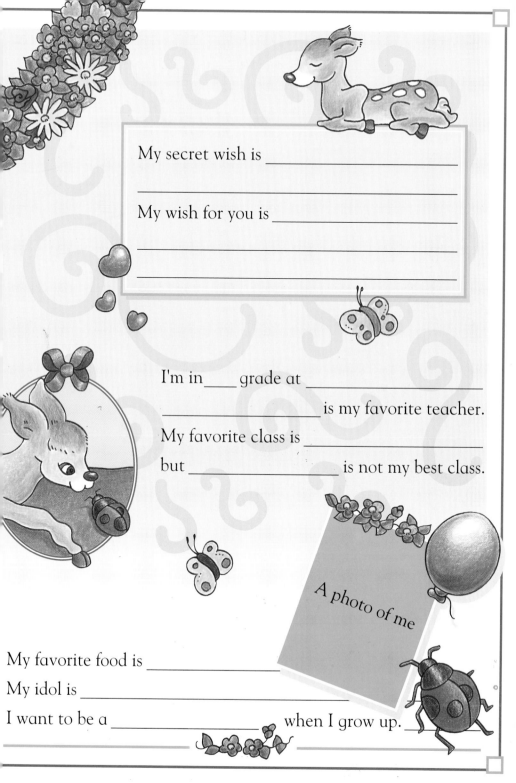

My secret wish is _____

_____

My wish for you is _____

_____

_____

I'm in____ grade at _____

_____ is my favorite teacher.

My favorite class is _____

but _____ is not my best class.

A photo of me

My favorite food is _____

My idol is _____

I want to be a _____ when I grow up. ____

My name: _____

Address: _____

Phone number: _____

My birthday: _____

In my free time _____

You should read _____ , it is a great book!

_____ is my favorite music.

I really enjoyed the film _____

My favorite pet is _____

My secret wish is _____

_____

My wish for you is _____

_____

_____

I'm in____ grade at _____

_____ is my favorite teacher.

My favorite class is _____

but _____ is not my best class.

A photo of me

My favorite food is _____

My idol is _____

I want to be a _____ when I grow up.

My name: Oliver

Address: 744 Caley RD

Phone number: 337-2253

My birthday: Sept. 10

In my free time I go fishing

You should read The Very Lonly firefly, it is a great book!

Backstreet is my favorite music.

I really enjoyed the film Return of Jafan

My favorite pet is Sugar

My secret wish is __I was a tucay__

My wish for you is __to be a dog who rides a bycyle__

I'm in __O__ grade at __Trinity__
__Mrs. Ryley__ is my favorite teacher.
My favorite class is __Math__
but __work__ is not my best class.

A photo of me

My favorite food is __Chinse noodle__
My idol is __freinds Harry Justin__
I want to be a __Cowboy__ when I grow up.

My name: _____

Address: _____

Phone number: _____

My birthday: _____

In my free time _____

You should read _____, it is a great book!

_____ is my favorite music.

I really enjoyed the film _____

My favorite pet is _____

My secret wish is _____

_____

My wish for you is _____

_____

_____

I'm in_____ grade at _____

_____ is my favorite teacher.

My favorite class is _____

but _____ is not my best class.

A photo of me

My favorite food is _____

My idol is _____

I want to be a _____ when I grow up. _____

My name: _____

Address: _____

Phone number: _____

My birthday: _____

In my free time _____

You should read _____, it is a great book!

_____ is my favorite music.

I really enjoyed the film _____

My favorite pet is _____

My secret wish is _____

_____

My wish for you is _____

_____

_____

I'm in_____ grade at _____

_____ is my favorite teacher.

My favorite class is _____

but _____ is not my best class.

A photo of me

My favorite food is _____

My idol is _____

I want to be a _____ when I grow up. ___

My name: _____

Address: _____

Phone number: _____

My birthday: _____

In my free time _____

You should read _____, it is a great book!

_____ is my favorite music.

I really enjoyed the film _____

My favorite pet is _____ _____

My secret wish is _____

_____

My wish for you is _____

_____

_____

I'm in_____ grade at _____

_____ is my favorite teacher.

My favorite class is _____

but _____ is not my best class.

A photo of me

My favorite food is _____

My idol is _____

I want to be a _____ when I grow up.

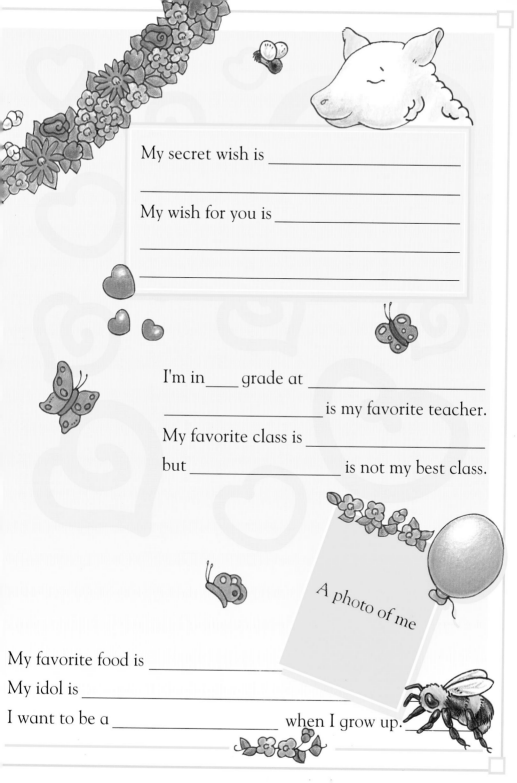

My name: _____

Address: _____

Phone number: _____

My birthday: _____

In my free time _____

You should read _____, it is a great book!

_____ is my favorite music.

I really enjoyed the film _____

My favorite pet is _____

My secret wish is _____

_____

My wish for you is _____

_____

_____

I'm in _____ grade at _____

_____ is my favorite teacher.

My favorite class is _____

but _____ is not my best class.

A photo of me

My favorite food is _____

My idol is _____

I want to be a _____ when I grow up. _____

My name: _____

Address: _____

Phone number: _____

My birthday: _____

In my free time _____

You should read _____, it is a great book!

_____ is my favorite music.

I really enjoyed the film _____

My favorite pet is _____ _____

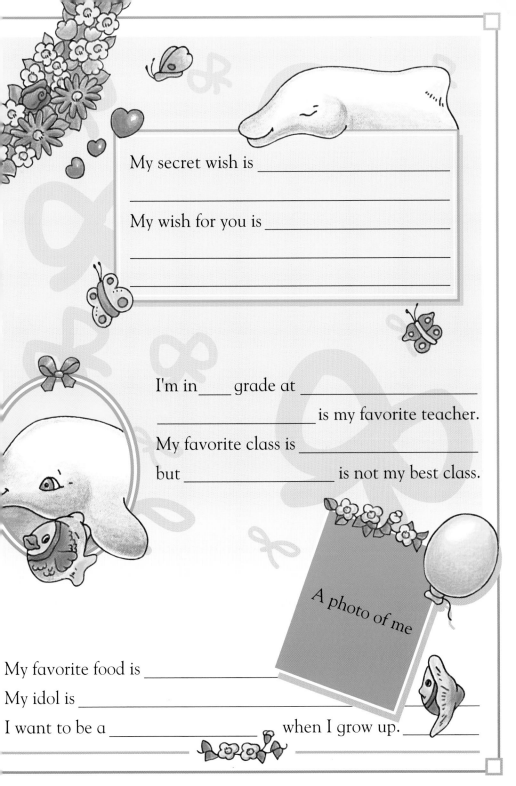

My secret wish is _____

_____

My wish for you is _____

_____

_____

I'm in ____ grade at _____

_____ is my favorite teacher.

My favorite class is _____

but _____ is not my best class.

A photo of me

My favorite food is _____

My idol is _____

I want to be a _____ when I grow up. _____

My name: _____

Address: _____

Phone number: _____

My birthday: _____

In my free time _____

You should read _____, it is a great book!

_____ is my favorite music.

I really enjoyed the film _____

My favorite pet is _____

My secret wish is _____

_____

My wish for you is _____

_____

_____

I'm in_____ grade at _____

_____ is my favorite teacher.

My favorite class is _____

but _____ is not my best class.

A photo of me

My favorite food is _____

My idol is _____

I want to be a _____ when I grow up.

My name: _____

Address: _____

Phone number: _____

My birthday: _____

In my free time _____

You should read _____ , it is a great book!

_____ is my favorite music.

I really enjoyed the film _____

My favorite pet is _____

My secret wish is _____

_____

My wish for you is _____

_____

_____

I'm in_____ grade at _____

_____ is my favorite teacher.

My favorite class is _____

but _____ is not my best class.

A photo of me

My favorite food is _____

My idol is _____

I want to be a _____ when I grow up.

My name: _____

Address: _____

Phone number: _____

My birthday: _____

In my free time _____

You should read _____, it is a great book!

_____ is my favorite music.

I really enjoyed the film _____

My favorite pet is _____

My secret wish is _____

_____

My wish for you is _____

_____

_____

I'm in____ grade at _____

_____ is my favorite teacher.

My favorite class is _____

but _____ is not my best class.

A photo of me

My favorite food is _____

My idol is _____

I want to be a _____ when I grow up.

My name: _____

Address: _____

Phone number: _____

My birthday: _____

In my free time _____

You should read _____ , it is a great book!

_____ is my favorite music.

I really enjoyed the film _____

My favorite pet is _____

My secret wish is _____

_____

My wish for you is _____

_____

_____

I'm in ____ grade at _____

_____ is my favorite teacher.

My favorite class is _____

but _____ is not my best class.

A photo of me

My favorite food is _____

My idol is _____

I want to be a _____ when I grow up. _____

My name: Christine

Address: 200 Louell terra

Phone number: (610)-265-07

My birthday: Sep. 24

In my free time I draw and read

You should read The Sleepover , it is a great book!

Rockook book is my favorite music.

I really enjoyed the film Tarzan

My favorite pet is dog cat

My secret wish is **To be twins with Jill**

My wish for you is **for you to be twins with me**

I'm in **2** grade at **Caley**

Mrs. Biesecker is my favorite teacher.

My favorite class is **Room 30's class**

but **Mrs. Peters** is not my best class.

A photo of me

My favorite food is **Pizza**

My idol is **Jill + Harini** (friends are)

I want to be a **Skater** when I grow up.

My name: _____

Address: _____

Phone number: _____

My birthday: _____

In my free time _____

You should read _____, it is a great book!

_____ is my favorite music.

I really enjoyed the film _____

My favorite pet is _____ _____

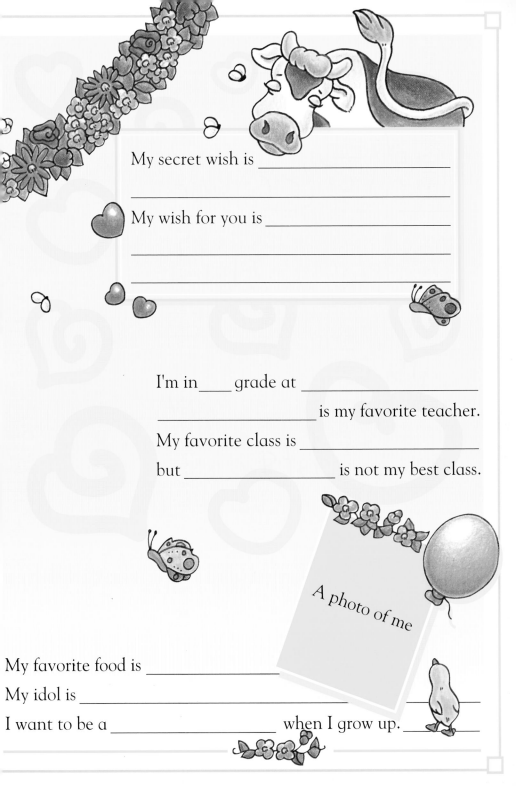

My secret wish is _____

_____

My wish for you is _____

_____

_____

I'm in ____ grade at _____

_____ is my favorite teacher.

My favorite class is _____

but _____ is not my best class.

A photo of me

My favorite food is _____

My idol is _____

I want to be a _____ when I grow up. _____

My name: _____

Address: _____

Phone number: _____

My birthday: _____

In my free time _____

You should read _____, it is a great book!

_____ is my favorite music.

I really enjoyed the film _____

My favorite pet is _____

My secret wish is _____

_____

My wish for you is _____

_____

_____

I'm in ____ grade at _____

_____ is my favorite teacher.

My favorite class is _____

but _____ is not my best class.

A photo of me

My favorite food is _____

My idol is _____

I want to be a _____ when I grow up. _____

My name: _____

Address: _____

Phone number: _____

My birthday: _____

In my free time _____

You should read _____, it is a great book!

_____ is my favorite music.

I really enjoyed the film _____

My favorite pet is _____

My secret wish is _____

_____

My wish for you is _____

_____

_____

I'm in_____ grade at _____

_____ is my favorite teacher.

My favorite class is _____

but _____ is not my best class.

A photo of me

My favorite food is _____

My idol is _____

I want to be a _____ when I grow up. _____

My name: _____

Address: _____

Phone number: _____

My birthday: _____

In my free time _____

You should read _____, it is a great book!

_____ is my favorite music.

I really enjoyed the film _____

My favorite pet is _____

My secret wish is _____

_____

My wish for you is _____

_____

_____

I'm in ____ grade at _____

_____ is my favorite teacher.

My favorite class is _____

but _____ is not my best class.

A photo of me

My favorite food is _____

My idol is _____

I want to be a _____ when I grow up. ___

My name: _____

Address: _____

Phone number: _____

My birthday: _____

In my free time _____

You should read _____, it is a great book!

_____ is my favorite music.

I really enjoyed the film _____

My favorite pet is _____ _____

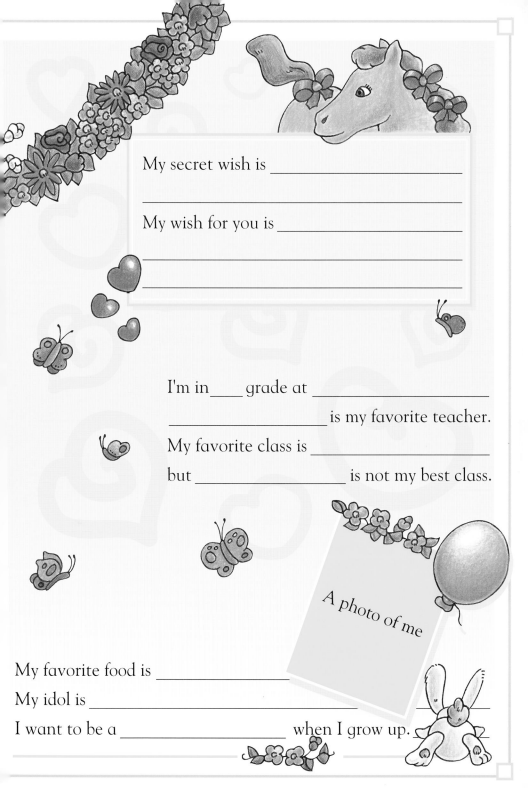

My secret wish is _____

_____

My wish for you is _____

_____

_____

I'm in_____ grade at _____

_____ is my favorite teacher.

My favorite class is _____

but _____ is not my best class.

A photo of me

My favorite food is _____

My idol is _____

I want to be a _____ when I grow up.

My name: _____

Address: _____

Phone number: _____

My birthday: _____

In my free time _____

You should read _____, it is a great book!

_____ is my favorite music.

I really enjoyed the film _____

My favorite pet is _____ _____

My secret wish is _____

_____

My wish for you is _____

_____

_____

I'm in ____ grade at _____

_____ is my favorite teacher.

My favorite class is _____

but _____ is not my best class.

A photo of me

My favorite food is _____

My idol is _____

I want to be a _____ when I grow up.

My name: Stephanie Bianco

Address: 725 Suellen Pr.

Phone number: (610) 337-3376

My birthday: September 26, 1990

In my free time I like to play outside.

You should read Lily's Crossing, it is a great book!

Rock'n Roll is my favorite music.

I really enjoyed the film ~~TITANIC~~ Austin Powers.

My favorite pet is puppy's ~~Tiger cubs~~ ~~Tigers~~

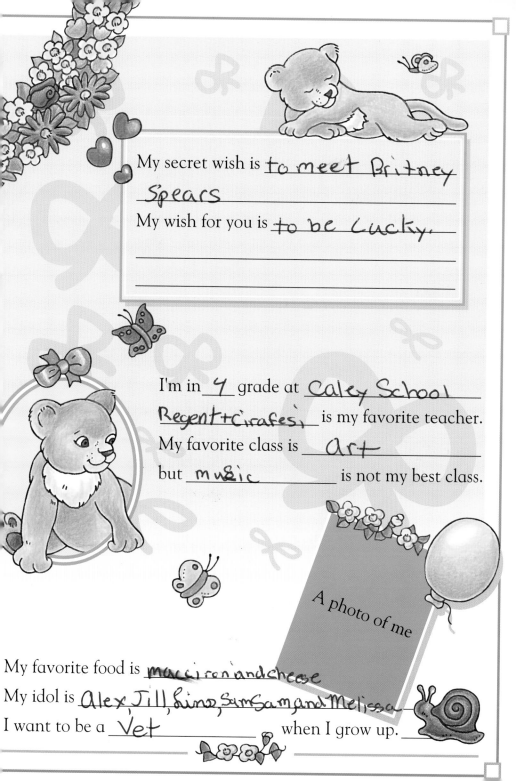

My secret wish is to meet Britney Spears

My wish for you is to be Lucky.

I'm in 4 grade at Caley School

Regent+Cirafes, is my favorite teacher.

My favorite class is art

but music is not my best class.

A photo of me

My favorite food is maccironandcheese

My idol is Alex, Jill, Lino, SamSam and Melissa

I want to be a Vet when I grow up.

My name: _____

Address: _____

Phone number: _____

My birthday: _____

In my free time _____

You should read _____, it is a great book!

_____ is my favorite music.

I really enjoyed the film _____

My favorite pet is _____ _____

My secret wish is _____

_____

My wish for you is _____

_____

_____

I'm in ____ grade at _____

_____ is my favorite teacher.

My favorite class is _____

but _____ is not my best class.

A photo of me

My favorite food is _____

My idol is _____

I want to be a _____ when I grow up. ___

My name: _____

Address: _____

Phone number: _____

My birthday: _____

In my free time _____

You should read _____, it is a great book!

_____ is my favorite music.

I really enjoyed the film _____

My favorite pet is _____ _____

My secret wish is _____

_____

My wish for you is _____

_____

_____

I'm in____ grade at _____

_____ is my favorite teacher.

My favorite class is _____

but _____ is not my best class.

A photo of me

My favorite food is _____

My idol is _____

I want to be a _____ when I grow up. _____

My name: _____

Address: _____

Phone number: _____

My birthday: _____

In my free time _____

You should read _____, it is a great book!

_____ is my favorite music.

I really enjoyed the film _____

My favorite pet is _____

My secret wish is _____

_____

My wish for you is _____

_____

_____

I'm in____ grade at _____

_____ is my favorite teacher.

My favorite class is _____

but _____ is not my best class.

A photo of me

My favorite food is _____

My idol is _____

I want to be a _____ when I grow up. _____

My name: _____

Address: _____

Phone number: _____

My birthday: _____

In my free time _____

You should read _____ , it is a great book!

_____ is my favorite music.

I really enjoyed the film _____

My favorite pet is _____

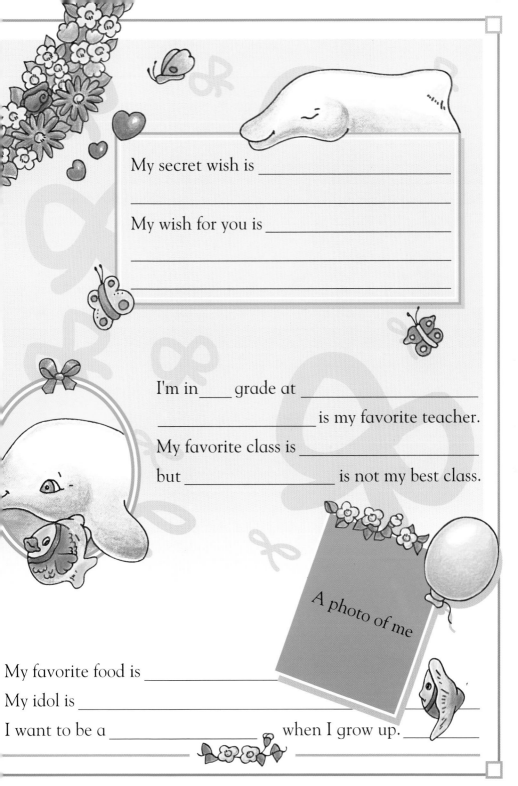

My secret wish is _____
_____
My wish for you is _____
_____
_____

I'm in_____ grade at _____
_____ is my favorite teacher.
My favorite class is _____
but _____ is not my best class.

A photo of me

My favorite food is _____
My idol is _____
I want to be a _____ when I grow up. _____